DIALOGUE

SUR

LE PROGNOSTIQUE

DE LA

CAMPAGNE PROCHAINE.

ENTRE LE PO ET LE DANUBE.

A VILLEFRANCHE,

Chez JACQUES LE SINCERE,
sur la Place aux Nouvelles.

M. DCCII.

DIALOGUE
SUR
LE PROGNOSTIQUE
DE
LA CAMPAGNE PROCHAINE.
ENTRE LE PO ET LE DANUBE.

LE PO.

QUEL est ce mal apris qui vient troubler mon eau?

LE DANUBE.

Vous parlez hardiment pour un petit ruiſſeau,
Sans decliner mon nom, Vous devez me connoître,
Me reſpecter partout comme étant vôtre maître.

LE PO.

Mon maître? J'en ay deux, que j'honore en tout lieu,
Et que je veux ſervir, dont le premier eſt Dieu:
Aprés luy, je connois Philippe Roy d'Eſpagne.

LE DANUBE.

Faquin, ſi tu diſois l'Empereur d'Allemagne,
On te pourroit ſouffrir. Mais lorſque devant moy
Tu ne feins pas de prendre un étranger pour Roy,
Ta faute dans ce point ne reçoit point d'excuſe.

LE PO.

Si tu crois que j'en cherche en cela tu t'abuſe.
Et meſme j'ay pitié de ce raiſonnement
Qui me fait voir partout beaucoup d'égarement.

LE DANUBE.

Infolent tu devrois connoître à mon vifage,
Que je fuis affez vieux pour pouvoir être fage.

LE PO.

Le temps ne fait pas fage un homme qu'il fait vieux,
Quand Dieu créa le monde, il nous créa tous deux.

LE DANUBE.

Il eft vray, mais enfin l'âge & l'experience
D'un homme confommé font toute la fcience.

LE PO.

J'en ay autant que toy, j'ay vû ce qu'on peut voir,
Et fur ce que j'ay vû je regle mon devoir.

LE DANUBE.

Pauvre petit ruiffeau que je plains ta folie!

LE PO.

De tout temps je fuis Roy des Fleuves d'Italie.

LE DANUBE.

Avec moy ofe tu faire comparaifon,
Toy dont l'eau ne pourroit abreuver une oifon?

LE PO.

Qui manque de raifons a recours à l'injure,
C'eft le commun défaut de toute la nature,
Surtout des Allemans. Mais quelle qualité
As-tu pour foûtenir ta fotte vanité?

LE DANUBE.

J'en ay mille qui font qu'à toy je me prefere,
Je fers un Empereur que par tout on revere;
De mon excellente eau j'arrofe fes lauriers,
Et je fers de mammelle à cent peuples guerriers:
Je fuis profond partout, en veux-tu davantage?
J'ay encore fur toy cet illuftre avantage,
Que contre le Soleil d'un cours imperieux,

Par nature j'ay droit de couler glorieux.

LE PO.

Tu pretens donc icy nous faire des mysteres
De vaines qualitez, de droits imaginaires;
Tu sers un Empereur & ton ambition,
Croit se mettre à couvert à l'ombre de ce nom:
De ce raisonnement qui ne voit la folie?
Penses-tu que ton maître ait droit sur l'Italie?
Et crois-tu m'imposer sous ce nom specieux,
A te ceder un pas qui m'apartient bien mieux?

LE DANUBE.

A toy? par quel endroit?

LE PO.

Manque-tu de memoire,
Ou bien contrefais-tu l'ignorant dans l'Histoire?
Sçais-tu pas que chez nous ont regné les Cesars,
Dont ton maître aujourd'huy porte les étendars?
Et qu'encore aujourd'huy Rome le chef du monde,
A pouvoir sur le ciel, sur la terre & sur l'onde?
Le titre de Cesar & celuy d'Empereur
Ne porte aucun profit : s'il porte quelque honneur,
A bon droit le donna le Pape à Charlemagne;
Et l'ombre en a passé depuis en Allemagne.
Car où sont les Etats qu'autrefois possedoit
Cet illustre Empereur, à qui Rome tout doit?

LE DANUBE.

On les tient de mon maître en simple vassallage,

LE PO.

Nous les tenons de Dieu & de nôtre courage.
Si c'est là tout le droit qu'y prétend ton Cesar,
Il se trompe au calcul : mais raillerie à part,
Penses-tu que l'Empire aprés sa décadence

Ait encore pareils droits?
LE DANUBE.
S'il avoit la puiſſance
Il les exerceroit.
LE PO.
Ho ! Si, j'en ſuis d'accord,
Charlemagne l'auroit auſſi, s'il n'étoit mort,
Mais tout eſt bien changé, & la couronne ſombre
Du Ceſar d'à preſent n'en eſt que la foible ombre.
Les Rois ont partagé cet Empire en lambeaux,
Et la France & l'Eſpagne ont les meilleurs morceaux.
Le ſeul nom eſt reſté pour la ſeule Allemagne,
La gloire & le profit à la France & l'Eſpagne.
LE DANUBE.
Tu parle comme un fol, & comme un impudent,
Ceſar tient en ſes mains l'Empire d'Occident.
LE PO.
Point de bruit ſur le mot, mais venons à la choſe.
Quelle comparaiſon, ſi de dire je l'oſe,
De ton Maître à LOUIS, ou à mon jeune Roy,
Dont l'un & l'autre Pole obéît à la Loy?
LE DANUBE.
Mon Maître outre l'Empire, eſt encor Roy d'Hongrie,
LE PO.
Le Turc quand il luy plaît en fait ſa gallerie.
C'eſt un Pays deſert dont tous les Habitans
Sont de leur noûveau Roy la pluſpart mécontens.
Ce Pays eſt ſi gueux, que c'eſt fait de l'Empire,
S'il ne peut ſubſiſter que des droits qu'il en tire.
LE DANUBE.
Il en tire très-peu, nous en tombons d'accord,
Mais l'Empereur eſt Roy de la Boheme encor.

LE PO.

Il est en bonne foy né coeffé de nature,
On luy dira pour rien là sa bonne avanture,
Ces Devins prétendus ont bien mal rencontré,
Si c'est sur leur avis qu'il est chez nous entré,
Il n'y trouvera rien qui ne luy soit contraire,
Et s'il cherche la Guerre, il peut se satisfaire,
L'Italie a toûjours & bon pié & bon œil
Et sçaura dans son temps rabatre son orgüeil :
C'est trop de deux grands Rois & de France & d'Espagne
Contre un simple Archiduc d'Autriche en Allemagne.

LE DANUBE.

Si tu veux discourir, parlons paisiblement,
Laissons les Rois à part, & touchons seulement
Les affaires du tems.

LE PO.

　　　　　　　J'ay deux mots à te dire
Puis c'est fait, ce n'est pas pour choquer vôtre Empire,
Je sçais l'honneur qu'on doit aux Princes Electeurs,
Je les respecte tous, mais je hais les flateurs ;
J'écoute, quand on parle en homme raisonnable ;
Mais aussi je suis sourd quand on conte une fable.
Compere, penses-tu nous donner de la peur
Avecque ces grands mots de Cesar d'Empereur ?
Nous croirois-tu si sots avec ton Roy de Boheme,
De croire qu'il soit grand, comme étoit Polypheme ?
Tu nous le represente entouré de lauriers,
Tu ne parle jamais que des peuples guerriers
Où tu dis que tu coule avec honneur & gloire,
Penses-tu donc par là nous en donner à croire ?
Dis-nous donc, quels lauriers ? d'où luy sont-ils venus ?

LE DANUBE.

D'un millier d'ennemis terraſſez & vaincus,
Du Croiſſant écorné, de Belgrade en pouſſiere,
De Bude dont il fit un triſte cimetiere,
Les Rebelles reduits, ſont des titres d'honneur
Qui font les verds lauriers de mon grand Empereur,
Ces illuſtres exploits au Temple de la gloire,
A l'immortalité conſacrent ſa memoire :
Deux cens Forts pris d'aſſaut, la fiere Neuhauſel
Releve les lauriers de cet homme immortel.

LE PO.

Dis ce que tu voudras, pour moy j'ay oüy dire
Que le Duc de Lorraine avoit ſauvé l'Empire.
Mais baſte là-deſſus, les lauriers des Ceſars
Ne ſe doivent cüeillir qu'en face des remparts,
Et pour mieux faire encor, la couleur pour les peindre
Eſt le ſang ennemy, c'eſt là qu'il doit les teindre :
C'eſt là que de ſa gloire en faiſant le tableau
Son épée en fureur doit ſervir de pinceau.

LE DANUBE.

Les Princes à qui Dieu fait porter la Couronne
Ne ſont pas obligez à la guerre en perſonne.

LE PO.

A d'autres, ils ſont pris ; tu ne l'entens pas mal,
Et ton raiſonnement ne ſent que l'animal,
Vas t'en voir ſi Ceſar, que l'on apelloit Jule,
Pendant qu'on ſe battoit garda jamais la mule.
Ce grand Prince au milieu de ſes Soldats guerriers
Dans un champ tout de feu moiſſonnoit ſes lauriers.
Mais ſans aller ſi loin, le Soleil de la France
LOUIS, LE GRAND LOUIS, toûjours par ſa preſence
N'a-t'il pas animé tous ſes nobles projets,

Luy-même s'expofant comme un de fes Sujets?
Les dangers refpectant ou craignant ce Monarque
Faifoient en fa faveur difparoître la parque,
Ou bien s'ils permettoient qu'elle aprochât de **luy**,
C'étoit pour le défendre & luy fervir d'appuy.
Ce Prince eût dédaigné le fruit d'une victoire,
Dont un autre avec luy partageroit la gloire,
Et les juftes lauriers qu'il porte fur fon front
S'ils n'étoient de fa main luy feroient un affront.

LE DANUBE.

Attends encor un peu, l'Archiduc d'Allemagne
Viendra dans ton Pays pour faire la Campagne.
Ce Prince à tes dépens t'aprendra cette fois
A porter à Cefar le refpect que tu dois:
Nos chevaux alterez du fang de l'Italie,
Te tariront bûvant tes eaux jufqu'à la lie.

LE PO.

L'on fçait bien que chez vous, les gens font alterez,
Et c'eft ce qui vous rend comme defefperez,
De vous voir fans credit, fans monde & fans finance,
Avoir à foûtenir & l'Efpagne & la France.

LE DANUBE.

Nous les battrons tous deux,

LE PO.

Ma foy j'en doute fort,
Je crains que l'Archiduc, n'ait pas un meilleur fort
La Campagne qui vient, que l'eut le Prince Eugène
La Campagne paffée, il eut bien de la peine
A garder Schiari Bourg du Venitien,
A proprement parler qui vaut bien moins que rien.

LE DANUBE.

Nous avons cette année un tout autre avantage,

Et l'Archiduc aura Milan pour appanage ;
L'on fera dans la Flandre une diverſion,
Ceſar a les Anglois à ſa devotion,
Et mettra ſur le Rhin tout au moins deux Armées.

LE P O.

En guiſe de Soldats, il mettra des poupées :
Pour lever des Soldats, faut avoir du comptant,
L'Empereur en a-t'il?

LE D A N U B E.

Il a du vif argent,

LE   P O.

Je le ſçais, ſans qu'il ſoit beſoin de me le dire,
Et de ſes revenus ce n'eſt pas là le pire.

LE D A N U B E.

On dit qu'il l'a donné pour gage aux Hollandois.

LE P O.

Je crois qu'il en a fait tout autant aux Anglois :
Ils en ſont bien fournis, & vôtre Prince Eugene
En a ſa bonne part.

LE D A N U B E.

C'eſt un grand Capitaine.

LE P O.

Il nous l'a bien fait voir.

LE D A N U B E.

C'eſt un Prince bien vif.

LE P O.

A faire rien qui vaille il eſt toûjours actif.

LE D A N U B E.

Quand il aura reçû ſon renfort d'Allemagne,
Tu verras qu'il s'en va faire trembler l'Eſpagne.

LE P O.

Faire trembler l'Eſpagne? Oh tu te trompes fort !

Pour la faire trembler il n'eſt pas aſſez fort.

LE DANUBE.

Je plains de ce Pays la triſte deſtinée,
Prévoyant ce qu'on va luy faire cette année.

LE PO.

Hé que luy fera-t'on?

LE DANUBE.

On luy prendra Milan,
Nous y verrons entrer l'Archiduc Alleman;
Et tu verras chaſſer les François d'Italie.

LE PO.

Ho ma foy, pour le coup, je plains fort ta folie:
On reprendra Milan? ce n'eſt pas vôtre tour,
A Vienne eſt-ce là tout dont ſe flate la Cour?
Compter ſans mon grand Roy & Loüis ſon Grand-Pere,
C'eſt pour compter deux fois & battre la riviere.

LE DANUBE.

Je t'aſſure qu'on tient à Vienne pour certain
Tout ce que je te dis.

LE PO.

Que leur eſpoir eſt vain!
Du moins je n'en vois pas une ſimple apparence,
A voir tu connois peu les forces de la France.

LE DANUBE.

Mais de nôtre côté nous avons les Anglois,
Et nous emprunterons l'argent des Hollandois,
Et leur Flote fera ſa deſcente en Sicile,
A Naples par aprés.

LE PO.

Eſperance fragile!
Nous avons partout là des bonnes Garniſons.

LE DANUBE.

Oüy, mais nous attendons des revolutions.

LE PO.

Vous en verrez aussi, car vôtre Prince Eugene
Devant qu'il soit un mois s'enfuira jusqu'à Vienne,
La honte sur le front & la peur dans le cœur,
Sans trompette & tambour retrouver l'Empereur:
Et du côté du Rhin selon toute apparence,
Maftreck & Philisbourg commenceront la danse.

LE DANUBE.

Ho tu couche bien gros, Philisbourg & Maftreck!
Ces coups nous donneroient un dangereux échec.

LE PO.

Penfes tu que LOUIS s'amuse à la moutarde,
Comme l'on fait ailleurs? déja son avantgarde,
Est logée à Stochem, on attend le moment
De montrer ce qu'il peut par ce commencement.

LE DANUBE.

L'Empereur y mettra bon ordre, je l'espere.

LE PO.

Ma foy, s'il ne le fait, je plains vôtre misere.
Tu me disois tantôt qu'avecque leurs chevaux
Les Allemans viendroient tarir toutes mes eaux,
Mais je crois qu'à mon tour, je te pourray bien dire
Que ta condition pourroit devenir pire:
Le François par en haut, l'Espagnol par en bas,
Sont deux cruels endroits qui te bleffent le baft.

LE DANUBE.

Tous les Napolitains feront d'intelligence.

LE PO.

A vous caffer le cou felon toute apparence.

LE DANUBE.
Ils ont proclamé Roy le Fils de l'Empereur.

LE PO.
Quelques feditieux, mais à leur grand malheur.

LE DANUBE.
Si l'on faifoit paffer une Flote Hollandoife?

LE PO.
On luy oppoferoit une Flote Françoife.

LE DANUBE.
Les Papes ont toûjours....

LE PO.
Aimé les Rois Chrêtiens,
Dont ils ont en tout tems été comblez de biens.

LE DANUBE.
Celuy-cy neanmoins accorde le paffage
A nos détachemens.

LE PO.
Oüy, pourvû qu'à la nage
Ils paffent par le Golfe en guife de poiffons,
Ou qu'ils volent dans l'air comme font les oifons.
Cela fe pourroit faire en fe faifant des aîles,
En ce cas ils iroient comme des hirondelles.

LE DANUBE.
Venife pour le moins...

LE PO.
En fera tout autant.

LE DANUBE.
On l'a fi bien payé...

LE PO.
Qu'il en eft mécontent.

LE DANUBE.
A ce que je peux voir felon ton prognoftique

Nous aurons contre nous cette grand-Republique,
Peutêtre que pour nous feront les Polonois?

LE PO.

Ils ont affez à faire avec les Suedois.

LE DANUBE.

Mais dis-moy, ne peut-on trouver aucun remede?
Et parle à cœur ouvert comme un amy fidele.

LE PO.

Compere le remede eft aifé, de bon cœur
Je te l'enfeigneray, il faut que l'Empereur
Avec les Hollandois rompe fon alliance,
Et devienne l'amy de l'Efpagne & la France;
C'eft le meilleur party que jamais l'Empereur
Puiffe prendre à prefent : la France de bon cœur
Entretiendra la paix, fon Monarque invincible
A de tout tems été d'un efprit tres-paifible :
Il n'a jamais donné la moindre occafion
D'en juger autrement, ny le moindre foupçon.

LE DANUBE.

Mais il a traverfé l'Empereur dans la Guerre
Que l'on faifoit au Turc; il ne s'en falloit guere,
Sans luy, que mon Cefar ne chaffât l'Ottoman
De l'Europe, & ne mît à bas fon fier Turban.

LE PO.

Ignorant que dis-tu; Vous aviez fait la ligue
Qu'on apelle d'Ausbourg, & toute vôtre brigue
Ne menaçoit pas moins que de le ruiner,
Partager fon Royaume & de le détrôner,
Sans que ce fage Roy, qu'une longue pratique
A rendu confommé dans l'art de Politique,
Eût fait le moindre pas qui pût mettre à couvert
Ses Etats menacez d'un fi fâcheux revers.

LE DANUBE.

A ton compte on pouvoit l'apeller Don Tranquille,

LE PO.

Il dormoit en lion, dans son repos agile
Toûjours un œil ouvert; si la Religion
Retenoit d'un côté son indignation
De voir ses ennemis d'un dessein ridicule,
Comme autant de Pigmées attaquer un Hercule;
Il étoit assuré que quand il luy plairoit,
Du moindre de ses coups il les écraseroit.
Il ne s'étonna point de voir former l'orage
Dont on le menaçoit, mais comme un Prince sage
Il leur donna le temps d'y penser à deux fois,
Dans le temps qu'il pouvoit les reduire aux abois.
Il regarda toûjours leur gloire sans envie,
Souffrant que les François exposassent leur vie
Pour les aller servir contre un Prince Ottoman,
Sans vouloir arrêter leur progrez d'un moment.

LE DANUBE.

Ma foy si tu dis vray, sa conduite admirable,
Sa moderation me rend ce Prince aimable.

LE PO.

Aussi suis-je certain que LOUIS en tout lieu,
Dans ses justes desseins est protegé de Dieu.
Que l'unique salut de toute l'Allemagne,
Consiste à mênager & la France & l'Espagne:
Et que si l'Empereur aime bien ses Sujets,
Avec nos deux Rois il doit faire la paix.
Avec eux toûjours vivre en bonne intelligence,
On luy tendra les bras en Espagne & en France.

LE DANUBE.

Ton conseil est fort bon, & c'est bien le plus court;

Mais je crains les efprits broüillons de nôtre Cour,
Qui flatent l'Empereur d'une vaine victoire,
Pendant qu'ils vont rifquer fon honneur & fa gloire.
Pour nous, faifons la paix & nous aimons tous deux,
Et pour la cimenter rendons à Dieu nos vœux.

LE PO.

Compere j'y confens, tres-feur que l'Allemagne
Y trouvera fon compte auffi bien que l'Efpagne.

LE DANUBE.

A ne t'en point mentir, je voudrois de bon cœur,
Que ce party pût plaire à mon brave Empereur:
Car je crains les effets du trifte prognoftique
Que t'as fait; tes raifons font toutes fans replique.

LE PO.

Ton Maître peut aller du côté d'Orient
Pour cüeillir des lauriers; mais quant à l'Occident
Il n'y faut pas penfer: il fçait la difference
D'avoir affaire au Turc ou bien au Roy de France.
Par des mauvais confeils fi fa prévention
Le portoit à pouffer plus loin fa paffion;
L'Europe en ce cas là, le rendra refponfable
De tous les maux que caufe une guerre dannable;
Et Dieu du grand LOUIS beniffant les projets,
Prodigue en fa faveur & envers fes Sujets,
Le fera triompher, le remplira de gloire,
Sur tous fes ennemis luy donnant la victoire.

FIN.